MISSION: ADOPTION

PICO

Fais connaissance avec les chiots
de la collection *Mission : Adoption*

Cannelle
Boule de neige
Réglisse
Carlo
Biscuit
Margot
Théo
Presto
Pico

PICO

ELLEN MILES

Texte français de Laurence Baulande

Éditions
SCHOLASTIC

Pour Caroline, le petit Haricot original.

Catalogage avant publication de Bibliothèque et Archives Canada
Miles, Ellen
Pico / Ellen Miles ; texte français de Laurence Baulande.

(Mission, adoption)
Traduction de : Cody
Niveau d'intérêt selon l'âge: Pour les 7-10 ans.
ISBN 978-0-545-98840-7

I. Baulande, Laurence II. Titre. III. Collection : Miles, Ellen.
Mission, adoption.

PZ23.M545Pi 2009   j813'.6   C2009-902242-7

Illustration de la couverture : Tim O'Brien
Conception graphique originale de la couverture : Steve Scott

Édition publiée par les Éditions Scholastic,
604, rue King Ouest, Toronto (Ontario) M5V 1E1.

5 4 3 2 1   Imprimé au Canada   09 10 11 12 13

CHAPITRE UN

— Que penses-tu de Dorothée et de l'Épouvantail? proposa Rosalie.

— Hum! fit Maria en y réfléchissant.

— Ce serait génial! poursuivit Rosalie, les yeux brillants. Biscuit serait Toto et je pourrais le transporter dans un panier de pique-nique, comme Dorothée dans *Le Magicien d'Oz.*

Rosalie Fortin adorait l'Halloween. Elle aimait imaginer de merveilleux costumes, même si elle finissait généralement par se déguiser en quelque chose de plus banal, comme une gitane ou une mendiante. Elle adorait aussi se promener dans les rues de Saint-Jean, ce soir d'automne, même si sa mère lui faisait généralement porter un manteau par-dessus son costume parce qu'il faisait trop froid ou qu'il pleuvait. Et bien entendu, elle aimait voir son sac se remplir de friandises petit à petit jusqu'à ce qu'il soit plein à craquer... bien que d'habitude, Rosalie et ses frères n'aient généralement droit qu'à deux bonbons par jour. À Noël, ce qu'il restait de leur récolte n'était plus très appétissant!

Cette année, la fête de l'Halloween s'annonçait encore plus amusante pour deux raisons. Tout d'abord, Rosalie et sa meilleure amie Maria (ainsi que Charles et le Haricot, les deux frères de Rosalie) avaient tous été invités à monter à bord du camion de pompiers du capitaine Olson pour le défilé d'Halloween de Saint-Jean. Rosalie connaissait bien le capitaine Olson puisqu'il travaillait avec son père à la caserne. Le camion du capitaine n'était pas un camion comme les autres. C'était un très vieux camion de pompiers vraiment génial que Bernard Olson gardait dans un immense garage à l'arrière de sa maison. Rosalie était impatiente de voir les regards envieux des habitants de Saint-Jean se poser sur les occupants de ce camion d'un rouge flamboyant, orné de pièces dorées qui brillaient de mille feux. Voilà pourquoi elle devait absolument trouver un costume original cette année.

L'autre raison pour laquelle la fête de l'Halloween serait exceptionnelle cette année, c'était parce que

Biscuit allait y participer pour la première fois. Biscuit était le petit chien roux des Fortin et Rosalie l'aimait plus que tout au monde.

La famille Fortin avait recueilli beaucoup de chiots en attente d'un foyer – elle en prenait soin jusqu'à ce qu'elle leur trouve le foyer idéal. Bien que Biscuit ait été l'un de ces chiens, les Fortin l'avaient adopté et il était devenu un membre de la famille à part entière. Parfois, Rosalie avait encore du mal à croire que c'était vrai. Charles et le Haricot (son vrai prénom était Adam, mais personne ne l'appelait ainsi) désiraient aussi un chien depuis longtemps, et aujourd'hui, ils en avaient un! Et pas n'importe lequel : Biscuit était le meilleur chien au monde!

— Je t'aime, Biscuit, murmura Rosalie à l'oreille soyeuse de son chien qui dormait bien au chaud, roulé en boule sur ses genoux.

Rosalie et Maria mangeaient des morceaux de pommes et des bâtonnets de fromage tranquillement installées à la table de la cuisine, en discutant de leur costume d'Halloween.

Maria pensait encore à la suggestion de Rosalie. Elle se pencha et caressa la douce fourrure de Biscuit.

— Pourquoi est-ce que ce serait toi, Dorothée? demanda-t-elle. Et si moi aussi, je voulais me déguiser en Dorothée?

Rosalie réfléchit un moment. Peut-être que prendre comme thème le *Magicien d'Oz* n'était pas une si bonne idée après tout.

— D'accord. Alors peut-être que nous pourrions nous déguiser en fées et Biscuit pourrait être un elfe ou un champignon, ou quelque chose de ce genre.

— Oui, pourquoi pas? répondit Maria, mais je croyais que tu avais dit que se déguiser en fée, c'était nul.

Rosalie eut l'air perplexe.

— Comment ça?

— Rappelle-toi, pendant le dîner, aujourd'hui, à l'école. On parlait des costumes d'Halloween et tu as dit que tu en avais assez de voir toutes les filles se déguiser en fées. Tu as même ajouté que les costumes de fées, c'était complètement dépassé.

— Ah! oui, c'est vrai.

Cela lui rappelait vaguement quelque chose.

Maria la regarda en fronçant les sourcils.

— Tu ne t'en souviens pas? Tu as débité un long discours à ce sujet sans qu'on te demande ton avis!

Maïa Grégoire m'a dit ensuite qu'elle s'était sentie ridicule; elle avait justement l'intention de se déguiser en fée.

— Oups! fit Rosalie.

Elle haussa les épaules et enfouit son nez dans le cou de Biscuit. Elle l'embrassa cinq fois de suite. Il était tellement adorable!

— Tu sais... commença Maria.

Elle baissa les yeux, puis poursuivit avec diplomatie.

— ... Parfois, ça me met un peu mal à l'aise quand tu fais ça. Enfin, je veux dire, c'est bien d'avoir des idées sur tout, mais peut-être que ce serait mieux si tu attendais qu'on te demande ton avis...

Rosalie fixa son amie.

— Mais pourquoi est-ce que ça te met mal à l'aise?

— Parce que je suis ta meilleure amie, j'imagine.

Maria fronça les sourcils et agita la main comme pour chasser une mauvaise odeur.

— Oublie ça, tu veux. Revenons plutôt à nos costumes d'Halloween.

Rosalie se remit à parler d'Halloween, mais elle ne réussit pas à « oublier » les paroles de son amie. Ce n'était pas la première fois qu'on lui disait qu'elle s'exprimait de manière trop franche, trop directe. Sa mère le lui avait dit plusieurs fois et même son père l'avait souligné un jour en riant.

« C'est bien notre Rosalie, avait-il dit. Elle a toujours une opinion sur tout et elle est toujours prête à la partager avec nous. »

Même s'il faisait frais dans la cuisine, Rosalie sentait que ses joues étaient en feu. Elle se jura une fois encore de faire plus d'efforts pour garder ses opinions pour elle. Du moins, jusqu'à ce qu'on la supplie de donner son avis.

— Salut! lança Charles qui entra dans la cuisine en claquant la porte derrière lui. J'ai une nouvelle blague.

Rosalie et Maria soupirèrent. Depuis quelques semaines, Charles et son ami Sammy étaient en train de rendre tout le monde fou. Ils étaient déjà pénibles avec leurs blagues « Toc-toc-toc-qui-est-là? », mais maintenant, ils avaient décidé d'écrire un livre entier de blagues dont le titre serait : *101 blagues de chiens*. Rosalie pensait qu'elle devait en avoir entendu au moins 501.

— Alors, vous êtes prêtes? demanda Charles qui se tordait de rire. Vous savez pourquoi Dracula aime les chiens de race? arriva-t-il finalement à articuler.

Charles était toujours le meilleur public pour ses propres blagues.

— J'abandonne, laissa tomber Rosalie.

— Moi aussi, dit Maria.

— Parce que ce sont des pur-sang!

Charles s'écroula de rire sans même se rendre compte que les deux filles faisaient une grimace.

— Celle-là, on la mettra dans notre livre, c'est certain!

Tout en continuant à rire, il se dirigea vers le frigo pour chercher une collation.

— Où est Sammy? demanda Rosalie.

— Chez lui, marmonna Charles, la bouche pleine de raisins. Il prépare une affiche pour la semaine de la prévention des incendies. Il aimerait beaucoup gagner le concours cette année.

Rosalie et Maria avaient déjà réalisé leur affiche, même si elles savaient toutes les deux que ce serait sûrement Tristan Bourque qui remporterait le concours, à leur niveau scolaire. Il gagnait chaque année. Tristan était le meilleur artiste de l'école élémentaire de Saint-Jean.

— Où sont maman et le Haricot? demanda

alors Charles.

— Ils sont là-haut. Maman travaille sur un article et le Haricot fait la sieste.

Mme Fortin était journaliste pour le journal de Saint-Jean. Rosalie tendit la main vers son frère.

— Tu me passes quelques raisins?

Charles lui en lança un. Rosalie l'attrapa et le mangea.

— Miam! Vas-y, essaie de m'en lancer un dans la bouche.

Rosalie ouvrit la bouche mais, après avoir décrit un grand arc, le raisin atterrit très loin d'elle. Biscuit tenta aussitôt de sauter des genoux de Rosalie pour prendre le raisin.

— Non, non, dit Rosalie en tenant fermement le petit chiot.

Maria s'accroupit pour ramasser le fruit qui avait roulé sous la table. Maria et Rosalie avaient récemment appris en naviguant sur Internet que les raisins n'étaient pas bons pour les chiens.

À cet instant, la sonnette de l'entrée retentit.

— Qui cela pourrait bien être? demanda Rosalie.

Presque personne n'utilisait la porte principale.

— Rosalie, peux-tu aller ouvrir? cria Mme Fortin d'en haut.

La jeune fille déposa Biscuit et se dirigea vers la porte, le petit chiot sur les talons.

— Toi, tu restes ici, lui dit-elle en ouvrant la porte tout en le retenant avec son pied.

Sous le porche de la maison se trouvaient Sammy et sa mère, leurs voisins. Sammy affichait un grand sourire, mais pas sa mère. Elle tenait une laisse en cuir tressé. Au bout de la laisse, il y avait un chiot! Un petit chiot haletant qui tirait de toutes ses forces!

— Nous avons trouvé ce petit toutou attaché au pommier devant notre maison, expliqua la mère de Sammy. Je crois que celui ou celle qui l'a abandonné s'est trompé d'adresse, ajouta-t-elle.

Elle tendit la laisse à Rosalie en même temps qu'une grande enveloppe blanche. On pouvait lire sur l'enveloppe : *À la famille qui prend soin des chiots.*

CHAPITRE DEUX

Le chiot avait commencé à aboyer et à tirer sur sa laisse dès qu'il avait vu Rosalie. Il avait un jappement très puissant pour un chien si jeune et il agitait sa queue avec tant d'énergie que tout son corps frétillait. Son pelage blanc était couvert de taches noires. Il avait un petit museau noir lustré, de magnifiques yeux bruns et il portait un collier d'un beau rouge brillant.

— Oh! C'est un dalmatien! s'exclama Rosalie.

La jeune fille s'agenouilla pour lui dire bonjour. Biscuit saisit alors cette occasion pour sortir par la porte toujours ouverte.

— Biscuit! cria Rosalie qui lâcha la laisse du dalmatien et plongea pour attraper Biscuit, mais sans succès.

— Oh non, mon cher! dit Sammy en saisissant le petit chiot roux avant qu'il ne s'enfuie.

— Ouf, merci! soupira Rosalie.

Elle se retourna pour ramasser la laisse abandonnée, mais le petit dalmatien était déjà entré dans la maison et courait droit devant lui en aboyant comme un fou.

Youhou! Bonjour tout le monde! Allez, si on jouait un peu!

— Rosalie, cria Mme Fortin de l'étage, mais qu'est-ce qui se passe en bas?

— Salue ta mère de ma part, dit la mère de Sammy, pressée tout d'un coup. Nous devons y aller!

Sammy rendit Biscuit à Rosalie.

— Bonne chance! dit-il avec un grand sourire, avant de descendre l'escalier à la suite de sa mère.

Rosalie referma la porte. Puis, elle emmena Biscuit au sous-sol.

— On dirait que nous avons un nouveau petit pensionnaire, lui dit-elle. Tu vas devoir rester ici quelques minutes, le temps que je m'assure qu'il est gentil. Sois sage, d'accord?

Biscuit fixa sa jeune maîtresse d'un regard interrogateur. Rosalie l'embrassa, le déposa par terre et referma la porte derrière elle.

— Maria! cria-t-elle en tentant de couvrir les aboiements du chiot.

— Je suis dans la cuisine! hurla Maria.

— À l'aide! cria Charles.

Rosalie se précipita dans la cuisine. Elle y trouva son frère et sa meilleure amie en train de pourchasser le petit dalmatien rapide comme l'éclair autour de la table de la cuisine.

— On n'arrive pas à l'attraper, dit Charles.

Le chiot aboyait joyeusement tandis qu'il courait dans tous les sens, dérapant et glissant sur le plancher. Sa petite langue rose battait la cadence et il affichait un grand sourire de chien heureux. Il était évident qu'il s'amusait comme un fou.

Rosalie se mit à rire.

— Ce n'est pas drôle! dit Maria, exaspérée. On n'arrive vraiment pas à l'attraper.

Rosalie courut jusqu'au comptoir et plongea la main dans la boîte en forme de niche où on rangeait les friandises de Biscuit. Elle prit un biscuit pour chiens.

— Viens ici, mon coquin! dit-elle en tendant le

biscuit pour que le chiot puisse le voir et le sentir. Tu veux un biscuit?

Le chiot marqua une pause sous la table et inclina la tête en regardant la jeune fille. L'une de ses oreilles était blanche; l'autre était noire. Il avait une tache noire sur un œil qui lui donnait un air adorable de petit pirate.

— Allez, viens, l'encouragea Rosalie.

Le chiot s'avança lentement vers elle. Charles fit un pas en avant.

— Attends, le prévint Rosalie. Ne l'approche pas, tu risquerais de l'effrayer.

Le chiot tendit le cou et renifla le biscuit.

— C'est ça, dit gentiment Rosalie. Bon chien.

Lentement, elle tendit l'autre main et passa un doigt sous le collier du chiot. Puis, elle le laissa manger le biscuit. Le petit dalmatien le happa d'un coup, et le mâcha bruyamment en faisant tomber des miettes sur le plancher. Il se mit ensuite à renifler partout et à lécher toutes les miettes avec sa petite langue rose. Pour finir, il releva la tête vers Rosalie et recommença à aboyer. Sa petite queue s'agitait plus énergiquement que jamais.

C'était délicieux! J'en prendrais bien un ou deux autres encore!

Rosalie éclata de rire. Ce chiot semblait être plein de vie et très tannant, mais il était aussi très, très mignon. Avant qu'il puisse s'enfuir de nouveau, elle s'assit sur le sol et l'installa sur ses genoux pour lui faire quelques caresses et lui donner quelques bisous.

— Que se passe-t-il ici?

Les mains sur les hanches, Mme Fortin se tenait dans l'embrasure de la porte. Le Haricot était à côté d'elle, agrippé à son chandail. Il se frottait les yeux pour en chasser le sommeil.

Tout à coup, le Haricot aperçut le dalmatien.

— Iot! Iot! s'écria-t-il.

Il se précipita vers Rosalie et le chiot.

— Tu ne bouges pas de là, jeune homme!

Mme Fortin attrapa le Haricot par les bretelles de sa salopette et le ramena vers elle.

— Rappelle-toi, on ne flatte pas les chiens qu'on ne connaît pas.

— Mais... commença le Haricot.

— Il n'y a pas de mais, l'interrompit fermement

Mme Fortin.

Elle prit le Haricot dans ses bras, puis elle se tourna vers Rosalie et leva un sourcil.

— Où est Biscuit? Et puis-je savoir d'où vient ce petit chiot bruyant? dit-elle en montrant du doigt le dalmatien qui aboyait toujours.

— Biscuit est au sous-sol, répondit Rosalie.

— C'est Sammy qui a apporté le chiot, répondit Charles en même temps que sa sœur. Quelqu'un l'a abandonné chez lui par erreur.

Mme Fortin avait l'air perplexe.

— Quoi?

— Ils ont laissé cette note.

Rosalie montra l'enveloppe à sa mère. Elle lâcha le chiot un bref instant. Celui-ci en profita pour bondir hors de sa portée et recommencer à tourner autour de la table, en dérapant, en glissant et en aboyant.

— Oups! dit Rosalie

Elle donna l'enveloppe à sa mère, brossa les poils blancs laissés par le chiot sur son pantalon, et retourna chercher un biscuit dans le pot. *Ce chiot-là nous donnera sûrement du fil à retordre pensa-t-elle.* Mais les Fortin avaient déjà eu des chiots difficiles auparavant. Rosalie n'était pas inquiète. N'avaient-ils pas réussi à trouver le foyer idéal pour Rascal, le Jack Russel qui débordait d'énergie et aboyait beaucoup, lui aussi? Et pour Princesse, la petite Yorkshire la plus gâtée au monde? Et aussi pour Carlo, mieux connu sous le nom de M. Tannant? Rosalie savait qu'elle arriverait à trouver la famille idéale pour ce petit chiot fantasque.

Mme Fortin s'assit et prit le Haricot sur ses genoux. Elle ouvrit l'enveloppe et commença à lire la lettre à voix haute – et bien fort pour couvrir les aboiements du dalmatien.

— *Voici Pico*, lut-elle. *Il a six mois. C'est un dalmatien.*

— Je le savais que c'était un dalmatien, coupa Rosalie. Savez-vous qu'à la naissance, les dalmatiens sont entièrement blancs? Leurs taches apparaissent seulement au bout de quelques semaines.

Rosalie vit Charles lever les yeux au ciel et se tourner vers Maria. Bon, et alors? Parfois, elle n'arrivait pas à s'en empêcher. Elle connaissait énormément de choses sur les chiens. En fait, elle avait quasiment mémorisé toute son affiche « Les races de chiens dans le monde ». Mais parfois, elle ne comprenait pas pourquoi les gens n'appréciaient pas qu'elle partage son savoir avec eux.

— Merci Rosalie, dit sa mère sur un ton qui signifiait qu'elle lui avait donné assez d'informations sur les chiens pour le moment.

— Je pense juste qu'il est important d'en savoir le plus possible sur les chiots que nous accueillons, répondit Rosalie.

Mme Fortin lui jeta un regard horrifié et s'exclama :

— Rosalie Maude Fortin! Tu ne crois pas sérieusement que nous allons accueillir ce petit monstre chez nous!

CHAPITRE TROIS

— Bien sûr que c'est ce que je pense! répondit Rosalie. S'il te plaît, maman, je t'en prie! Nous devons accueillir ce chiot!

Elle regarda l'adorable petite face du dalmatien et sourit. Pico le rigolo!

Mme Fortin soupira et demanda :

— Ne pourrait-il pas aller aux Quatre Pattes?

Les Quatre Pattes était un refuge pour animaux où Rosalie travaillait comme bénévole une journée par semaine. Les gens du refuge prenaient soin de nombreux chats et chiens en attente d'un nouveau foyer.

— Impossible, dit Rosalie en secouant la tête. Le refuge est complet.

Elle se demanda si Charles et Maria pouvaient voir ses doigts croisés dans le dos. En fait, elle ne mentait pas tout à fait. Le refuge était vraiment plein. Il ne restait plus une seule cage de libre pour un chien, ni même pour un chat. Mais la vérité, c'était que Mme Daigle, la directrice du refuge, ne refusait jamais de prendre un animal qui avait besoin d'aide. « On peut toujours trouver de la place quand il le faut vraiment », disait-elle.

Mais maman n'avait pas besoin de savoir tout ça pour le moment. Ce qu'elle avait besoin de savoir plutôt, c'était à quel point il était important que les Fortin s'occupent de ce chiot.

— Ces gens ont voulu que ce soit notre famille qui prenne soin de Pico, dit Rosalie. Après tout, ils l'ont laissé avec une note à notre intention. Lis le reste de la lettre, maman! Peut-être qu'ils expliquent pourquoi ils l'ont abandonné.

Pico aboya, comme s'il approuvait.

Mme Fortin soupira encore et reprit la note.

— *Pico est un chiot formidable*, lut-elle, *mais il demande plus d'attention que nous ne pouvons lui en donner. Nous avons fait tout notre possible. Peut-être que nous n'avons aucun talent pour élever un chiot. Nous savons que vous lui trouverez une famille d'accueil qui saura apprécier son énergie.*

Pico aboya de nouveau en entendant son nom.

Pico, c'est moi!

Mme Fortin continua à lire la lettre.

— *P.-S. Il perd énormément de poils, il aboie beaucoup et il tire sur sa laisse.*

— Sans blague! dit Charles.

— *Nous ne savons pas comment faire cesser ces comportements,* poursuivit Mme Fortin. *Peut-être que vous, vous saurez!*

— Moi, j'y arriverai, dit Rosalie. Enfin, je sais bien qu'on ne peut pas l'empêcher de perdre ses poils.

Rosalie savait que les chiens perdent leurs poils et que cela peut faire des dégâts.

— Je parierais n'importe quoi que je peux lui apprendre les bonnes manières, s'exclama-t-elle.

À ce moment-là, Pico bondit et posa ses pattes avant sur le comptoir de la cuisine pour renifler un pain maison que M. Fortin avait fait et qui refroidissait.

— Pico! Descends! commanda Rosalie.

Le petit chiot retomba sur ses quatre pattes.

— Vous voyez! dit Rosalie, rayonnante… du moins jusqu'à ce qu'elle voie que Pico avait réussi à attraper un morceau de pain et à l'avaler.

Le Haricot se mit à rire, mais Mme Fortin fronça les

sourcils.

— Nous ne savons même pas s'il s'entendra bien avec Biscuit, dit-elle.

— S'il te plaît, maman! supplia Rosalie. On pourrait au moins essayer, non?

Dernièrement, Rosalie avait emprunté un nouveau livre sur l'éducation des chiots à la bibliothèque. Elle mourait d'envie de mettre à l'essai quelques-unes des techniques de dressage pour petits chiens rebelles. Éduquer Pico serait certainement tout un défi, mais Rosalie aimait bien les défis. Surtout quand il s'agissait de chiens.

Qui sait? Si elle pouvait apprendre les bonnes manières à Pico, peut-être pourrait-il, lui aussi, devenir un membre de la famille Fortin, comme Biscuit? Pico était tellement adorable et intelligent. Il deviendrait sûrement un très bon chien, un jour. Rosalie en était certaine.

— Je t'aiderai, promit Charles.

— Je t'aiderai aussi! dit Maria. Et puis, il est tellement adorable. Je suis certaine que vous n'aurez aucune difficulté à lui trouver une famille.

— Moi aider! cria à son tour le Haricot.

Ils se retournèrent tous pour regarder Pico. Le petit

dalmatien semblait avoir épuisé toute son énergie et, roulé en boule sur le tapis rouge devant l'évier, il dormait et ronflait même. Ses grosses pattes, avec leurs petits coussinets roses et doux comme du velours, tressautaient comme si, dans ses rêves, il courait toujours autour de la table.

— Oh! Exactement comme Biscuit, s'écria Rosalie. Il s'amuse comme un fou, puis tout à coup, c'est l'heure de la sieste.

Pico ouvrit un œil. Il était tout simplement à croquer. Surtout maintenant qu'il avait cessé d'aboyer.

— Bon, dit Mme Fortin, attendons de voir ce qu'en pensera votre père lorsqu'il rentrera.

— Hourra! hurlèrent Charles, Rosalie et Maria.

— Ça ne veut pas dire que c'est chose réglée, les prévint Mme Fortin.

Mais Charles et Rosalie ne purent s'empêcher d'échanger un sourire. Ils savaient que toutes les chances de devenir la famille d'accueil de Pico étaient de leurs côtés.

— Hé, où est le Haricot? demanda Rosalie, réalisant soudain que leur petit frère ne s'était pas joint à leur « Hourra ».

Le Haricot avait échappé à sa mère et avait disparu

dans la maison. Il revint à ce moment-là dans la cuisine, accompagné de Biscuit qui gambadait joyeusement à ses côtés.

— Voir si amis! dit-il.

Le Haricot était allé chercher Biscuit au sous-sol. Il avait dû entendre Mme Fortin se demander si Pico et Biscuit allaient bien s'entendre. Rosalie grimaça. Le Haricot avait voulu bien faire, mais cela risquait de mal tourner.

Elle eut à peine le temps d'y penser. Pico s'éveilla aussitôt et bondit immédiatement vers Biscuit pour jouer avec lui. Les deux chiots se reniflèrent, agitèrent la queue et commencèrent immédiatement à se pourchasser autour de la table de la cuisine; deux chiots aboyaient maintenant joyeusement à tue-tête.

Mme Fortin mit ses mains sur ses oreilles, mais elle souriait.

— Votre père aura vraiment une grosse surprise en rentrant à la maison ce soir! s'exclama-t-elle.

M. Fortin travaillait tard ce soir-là parce qu'il y avait une soirée visite libre à la caserne pour les personnes âgées de la résidence Les Jardins. Les pompiers de Saint-Jean aimaient bien recevoir des visiteurs, particulièrement pendant la semaine de la prévention des incendies.

M. Fortin revint à la maison juste à temps pour le souper. Rosalie et Charles l'accueillirent à la porte d'entrée et le tirèrent à l'intérieur tout en lui parlant sans arrêt de Pico.

— S'il te plaît papa, est-ce qu'on peut le garder? supplia Rosalie.

— Ah, ah! Te voici donc, petit chiot! dit M. Fortin en s'agenouillant pour observer Pico qui était une fois de plus complètement épuisé.

Cette fois-ci, le dalmatien dormait sur le tapis du salon devant le foyer. Il avait joué tout l'après-midi avec Biscuit et, maintenant, les deux chiots se reposaient, roulés en boule l'un contre l'autre.

— Il s'appelle Pico! chuchota Rosalie.

Dès qu'il entendit son nom, le chiot se réveilla en sursaut, bondit sur ses pattes et commença à aboyer après M. Fortin.

Oh là! là! Rosalie retint son souffle.

Mais M. Fortin éclata de rire.

— Bienvenue Pico, dit-il simplement.

CHAPITRE QUATRE

— Attends, Pico! Ralentis! Arrête de tirer!

Rosalie courait derrière le petit dalmatien qui tirait avec énergie sur sa laisse pour renifler et examiner tout ce qui se trouvait sur son chemin. Il avait vraiment beaucoup de forces pour un chiot.

Hum! Sens ça! Incroyable! Et ceci? Est-ce que ça se mange? Je suis tellement content d'avoir un nouvel endroit à explorer!

Depuis que M. et Mme Fortin avaient accepté d'accueillir Pico, Rosalie s'était couchée tard tous les soirs pour lire son livre sur le dressage des chiots. On était samedi après-midi. C'était le jour où, habituellement, Rosalie travaillait comme bénévole aux Quatre Pattes, mais pas aujourd'hui. Lorsque Mme Daigle avait entendu parler du nouveau chiot recueilli par les Fortin, elle avait proposé à Rosalie de prendre une journée de congé pour « apprendre à connaître ton nouveau petit pensionnaire », avait-elle dit. Rosalie et Pico étaient donc en route vers la maison de Maria.

— Ma mère aimerait rencontrer Pico, avait annoncé Maria lorsqu'elle avait appelé un peu plus tôt ce matin-là. Elle croit que Simba pourrait avoir une bonne influence sur lui. Simba est tellement tranquille.

La mère de Maria était aveugle et Simba, un beau et gros labrador blond, était son chien-guide. Il était toujours calme et s'endormait rapidement aux pieds de sa maîtresse en attendant sa prochaine tâche. Cependant, dès que Mme Santiago se levait, Simba bondissait sur ses quatre pattes. Il était toujours prêt à travailler. Il accompagnait la mère de Maria absolument partout : à l'épicerie, chez le médecin, et même dans les restaurants. Simba était parfaitement dressé. Il ne reniflait pas les gens, ne sautait pas sur eux et n'aboyait jamais après eux. Rosalie était tout à fait d'accord avec la mère de Maria : Simba serait un très bon modèle pour Pico.

Ce jour-là, Rosalie et Maria avaient décidé de

travailler à leurs costumes d'Halloween et de commencer le dressage de Pico.

— Comme il est encore très jeune, nous ne devons pas le faire travailler plus de dix minutes à la fois, avait rappelé Rosalie à son amie au téléphone. Un chiot ne peut pas être attentif beaucoup plus longtemps. Nous aurons donc du temps entre les séances d'entraînement pour préparer nos costumes.

En appuyant sur la sonnette de la maison de Maria, Rosalie dit au petit dalmatien :

— Il faut vraiment qu'on t'apprenne à cesser de tirer sur ta laisse.

Son bras était endolori à force d'avoir retenu Pico pendant la promenade! Le chiot lui répondit avec un grand sourire en frétillant.

Oui, oui. Tout ce que tu veux!

La mère de Maria ouvrit la porte, Simba à ses côtés. Quand le gros labrador vit Rosalie, il remua joyeusement la queue. Mais Rosalie ne le caressa pas. Elle savait qu'elle ne devait pas déranger un chien-guide en service.

— Bonjour, madame Santiago, dit-elle, je vous

présente Pico!

Pico aboya en guise de salutations.

La mère de Maria se pencha pour toucher le chiot.

— Oh! Comme sa fourrure est douce! s'exclama-t-elle. Il a aussi un petit corps bien musclé. Il doit être en bonne santé, ce petit chien.

— Oui, tout à fait, répondit Rosalie. C'est un chiot absolument parfait, sauf qu'il aboie beaucoup, tire sur sa laisse et perd ses poils, bien sûr.

— Tout ça s'arrangera avec le temps, prédit Mme Santiago. Ce n'est encore qu'un chiot.

Simba s'approcha pour sentir Pico. Celui-ci bondit et commença à mordiller le labrador dans le cou, mais Simba s'en débarrassa simplement en secouant la tête.

— Maria est en haut, dans sa chambre, dit Mme Santiago. Elle a sorti tout son matériel pour les costumes. Amusez-vous bien!

Pico entraîna Rosalie à l'étage, puis directement dans la chambre de sa meilleure amie. Maria fit monter le chiot sur son lit pour lui faire un gros bisou et un câlin de bienvenue pendant que Rosalie examinait le fatras de crayons-feutres, de tubes de peinture, de bâtonnets de colle et de nombreuses fournitures d'arts plastiques.

— J'ai une idée de costume absolument géniale! annonça Maria. Regarde, Rosalie, ce que mon père a trouvé : deux tubes géants en carton!

Maria pointa deux énormes cylindres de la taille d'une grande poubelle posés dans un coin de la chambre.

— Ils sont assez grands pour nous! ajouta-t-elle.

— Hum... C'est quoi ton idée? demanda Rosalie.

— On va les peindre et se déguiser en canettes de boisson gazeuse, ou bien en boîtes de soupe, en n'importe quelle boîte de conserve en fait!

Rosalie réfléchit. Ce n'était pas une mauvaise idée. Elle aurait bien aimé avoir eu elle-même cette idée. Mais des boîtes de soupe? C'était nul! Mais pas question de le dire à son amie. Dernièrement, Rosalie faisait beaucoup d'efforts pour ne pas dire tout ce qui lui passait par la tête. Elle regarda les tubes.

— Je sais! dit-elle. B.A. et C.! Nous allons nous déguiser en pot de beurre d'arachides et en pot de confiture!

Maria éclata de rire.

— Parfait! s'écria-t-elle. Je parie que tu veux être le pot de beurre d'arachides, pas vrai?

— Ça m'est égal! répondit Rosalie.

Elle regarda Pico qui semblait avoir décidé que c'était l'heure de faire une petite sieste. Il était roulé en boule sur le lit de Maria, le museau sur la queue. On voyait les petits coussinets rose tendre sous ses pattes.

— Oh! On ne peut pas le faire travailler s'il dort, alors autant commencer nos costumes maintenant. Exerçons-nous d'abord à dessiner les étiquettes sur du papier, proposa-t-elle.

Elles lancèrent une pièce de monnaie pour choisir laquelle serait le beurre d'arachides (c'est Rosalie qui gagna), Maria inséra un CD dans son lecteur et les deux amies se mirent au travail. Il y avait longtemps que Rosalie n'avait pas peint, et elle s'amusait tellement qu'elle en oublia presque Pico. Jusqu'à ce qu'elle entende, entre deux chansons, un bruit de déchirure et de dents en train de mâchouiller. Cela venait de derrière elle.

— Oh non! cria Rosalie quand elle se retourna pour regarder d'où venait le bruit.

Pico devait être éveillé depuis déjà un moment, car il s'en prenait déjà au deuxième tube. Pendant un bref instant, Rosalie fut très en colère. Mais Pico était si adorable et si innocent, assis là au milieu des débris de carton mâchouillés. Puis, elle éclata de rire et Maria se joignit à elle.

— J'imagine qu'il va falloir trouver une autre idée de costume, déclara Rosalie en froissant sa feuille de papier. Bon, eh bien, autant le faire travailler un peu.

— Que va-t-on lui apprendre en premier? demanda Maria.

— Maman m'a dit qu'il devait absolument cesser d'aboyer sans arrêt, alors c'est notre priorité numéro un, répondit Rosalie. Mon livre sur le dressage propose une méthode géniale. D'abord, nous le mettons dans une situation où il aboierait normalement. Par exemple, si tu vas dans le couloir et que tu frappes à la porte de la chambre.

— D'accord, dit Maria, et ensuite?

— Eh bien, expliqua Rosalie, la plupart des maîtres crient à leur chien de rester tranquille pour qu'il cesse d'aboyer, mais ça ne fonctionne jamais. Le chien pense simplement que son maître aboie avec lui. Donc, à la place, je vais attendre que Pico arrête d'aboyer, ne serait-ce qu'une petite seconde, et je lui dirai « bon chien! » et lui donnerai une friandise. Au bout de quelques essais, je dirai « silence! » quand il arrêtera d'aboyer. Si nous répétons cet exercice environ un milliard de fois, il cessera peut-être d'aboyer quand je dirai « silence! ».

Cela paraissait simple dans le livre, mais à présent, Rosalie n'était plus aussi sûre de l'efficacité de la méthode.

Maria sortit dans le couloir et referma la porte derrière elle. Quelques secondes plus tard, elle frappa. Pico explosa en un feu d'artifice de jappements. Rosalie attendit, et attendit encore, mais le chiot semblait à peine reprendre sa respiration. Enfin, Pico cessa d'aboyer pour regarder Rosalie, la tête inclinée sur le côté.

Que se passe-t-il? Il y a quelqu'un à la porte, non?

— Bon chien! le félicita Rosalie.

Elle sortit de sa poche un petit biscuit (les petites friandises qui s'avalent en une bouchée sont idéales pour l'entraînement, disait le livre) et le lança à Pico.

Le petit dalmatien avala la friandise d'un seul coup et recommença immédiatement à aboyer. Il était clair que l'entraînement de Pico serait long et laborieux.

CHAPITRE CINQ

— Ha! Ha! Ha! Eh bien, accroche-toi. Je suis certain qu'il finira par comprendre, tôt ou tard! dit le capitaine Olson qui rit encore un peu. Ah! ces dalmatiens, ils ont vraiment une énergie incroyable quand ils sont petits.

On était quelques jours plus tard. Les élèves de quatrième année de l'école élémentaire de Saint-Jean visitaient la caserne de pompiers. Toutes les autres classes y étaient venues l'une après l'autre, et maintenant, c'était enfin le tour de la classe de Maria et de Rosalie. Les autres enfants patientaient à l'entrée de la caserne en attendant que débute la visite guidée. Les professeurs leur disaient de se calmer, mais ils continuaient à se chamailler et à rire. Quant à Rosalie, elle discutait avec le capitaine Olson. Elle lui racontait tout sur Pico et ses mauvaises manières. Elle savait que le capitaine serait intéressé par ses propos. En effet, il était lui-même le maître de la mascotte de la caserne, un dalmatien nommé Gunnar.

Rosalie connaissait Gunnar depuis longtemps. C'était le chien le mieux dressé qu'elle eût jamais rencontré. De plus, c'était un héros. Un jour, Gunnar avait tiré quelqu'un hors d'un immeuble en flammes. Il avait sauvé une vie!

— Tu es un chien fantastique, Gunnar, dit Rosalie en caressant l'encolure du grand chien.

Gunnar était sagement assis à côté de son maître, affichant une version plus mature du grand sourire espiègle de Pico. Le dalmatien était toujours présent pour accueillir les groupes qui venaient visiter la caserne.

— Est-ce que Gunnar participera au défilé? demanda Rosalie au capitaine Olson.

— Bien sûr!

Le capitaine sourit.

— Il ne manquerait ça pour rien au monde.

Rosalie caressa de nouveau Gunnar. Il était difficile d'imaginer qu'un jour Pico serait aussi calme que le dalmatien du capitaine. Pourtant, il avait fait des progrès ces derniers temps! Rosalie travaillait tous les jours avec lui et, parfois, Pico réussissait à cesser d'aboyer pendant au moins cinq secondes quand Rosalie lui donnait l'ordre : « Silence! ». Rosalie avait prévu de lui apprendre à s'asseoir et à attendre lorsqu'elle ouvrait la porte d'entrée plutôt que de sauter partout comme un fou. Peut-être que l'étape suivante serait de trouver un moyen pour qu'il cesse de tirer sur sa laisse.

— OK, nous sommes prêts! dit le père de Rosalie en s'avançant vers le groupe d'enfants. Bonjour à tous les élèves de quatrième année! Je m'appelle Paul et je suis pompier. Et bien sûr, beaucoup d'entre vous me connaissent déjà parce que je suis le père de Rosalie.

Il fit un clin d'œil à Rosalie et sourit aux élèves rassemblés devant lui.

— Bienvenue à vous tous. Combien d'entre vous ont déjà visité la caserne?

La plupart des enfants, dont Rosalie, levèrent la main.

— Je me rappelle quand nous sommes venus; nous étions en maternelle, dit Daniel, un garçon dans la classe de Rosalie. Jessica s'était mise à pleurer quand elle avait vu un pompier avec son masque à oxygène et tout son matériel.

Jessica donna un petit coup à Daniel.

— Tais-toi! dit-elle en rougissant.

— Ça arrive parfois, dit le père de Rosalie. Les plus petits sont parfois effrayés par les choses qui leur semblent étranges. C'est pourquoi nous leur montrons à quoi ressemble un pompier tout équipé. Si tu as cinq ans et que ta maison est en feu, tu dois savoir que le pompier est ton ami, même s'il a l'air un peu terrifiant avec son matériel.

Caroline leva la main.

— Je me rappelle qu'en deuxième année, nous avions pu monter à bord du camion, dit-elle. C'était tellement excitant… parce qu'on était encore petits.

Rosalie vit qu'elle regardait envieusement le camion avec la grande échelle.

Le père de Rosalie sourit.

— Les enfants de tout âge aiment ça, dit-il, même les plus grands. Tout le monde aura l'occasion d'y monter après la visite de la caserne. Mais jouons d'abord à un petit jeu. Combien de temps croyez-vous qu'il me faut pour enfiler mon uniforme de pompier?

— Une minute, lâcha Tristan.

Tout le monde se mit à hurler en même temps : « cinq minutes! » « trois secondes! » « quatre heures! »

Le père de Rosalie éclata de rire en entendant la dernière proposition.

— Qui a une montre? Toi? OK, tu vas me chronométrer.

Il se dirigea vers l'armoire où était rangé l'équipement.

— Prêt? C'est parti!

M. Fortin sauta dans ses bottes, enfila son pantalon ample en ajustant les bretelles sur ses épaules, le boutonna, puis passa une capuche ignifuge avant de se glisser dans sa lourde veste. Enfin, il mit ses gants et laissa tomber son casque sur sa tête.

— Terminé! Combien?

Daniel consulta sa montre.

— Oh! dit-il impressionné, 25 secondes!

Rosalie savait que le record de son père était de 21 secondes, mais elle applaudit avec les autres. Puis tous les élèves de quatrième année suivirent M. Fortin au deuxième étage. Ils visitèrent la salle de repos, les bureaux, la cuisine, et même la pièce où les pompiers se réunissaient, jouaient aux cartes ou lisaient quand ils n'étaient pas occupés. M. Fortin expliqua toutes les tâches qu'ils avaient à faire : nettoyer la caserne et le matériel, cuisiner, faire des réparations.

— C'est beaucoup de travail, dit le père de Rosalie, mais la caserne, c'est notre maison et nous devons en prendre soin.

Quand la visite du deuxième étage fut terminée, M. Fortin demanda :

— Voulez-vous que je descende par le mât?

— Oui! crièrent tous les élèves en chœur.

Les enfants se précipitèrent dans l'escalier et attendirent en bas. En un éclair, M. Fortin glissa le long du mât. Un grand sourire éclairait son visage.

— Youpi! s'exclama-t-il.

Tout le monde éclata de rire. Les amis de Rosalie découvraient ce qu'elle savait depuis longtemps : son père adorait cette tâche dans son travail de pompier. Rosalie sourit à son père. Elle était si fière de lui qu'elle sentait son cœur prêt à exploser.

— OK, et maintenant, les camions! poursuivit M. Fortin en tête du groupe. Vous pouvez vous asseoir à tour de rôle à la place du conducteur dans le camion avec la grande échelle pour voir comment on s'y sent. Le capitaine Olson vous aidera à redescendre de l'autre côté quand vous aurez terminé.

L'alerte se déclencha pendant que Rosalie attendait

son tour.

Une cloche au son strident retentit et une voix cria dans les haut-parleurs :

— Crise cardiaque possible au 32, rue des Ormeaux. Appel à toutes les unités.

Tous les pompiers étaient aussi techniciens en soins médicaux d'urgence. Au volant de l'ambulance de la caserne, ils allaient partout où l'on avait besoin d'eux. Trois hommes et une femme glissèrent l'un après l'autre le long du mât, vêtus de leur combinaison bleue de techniciens d'urgence. Ils coururent vers l'ambulance qui était garée à côté du camion de pompiers, et grimpèrent à l'intérieur.

— Gunnar, pousse-toi, cria le capitaine Olson.

Rosalie vit Gunnar qui était assis juste devant l'ambulance, mais il regardait dans une autre direction.

— Gunnar! cria de nouveau le capitaine.

Le moteur de l'ambulance se mit à vrombir et l'immense porte de garage commença à se lever.

Mais Gunnar ne bougeait pas.

CHAPTER SIX

— Alors, que s'est-il passé ensuite? demanda Mme Daigle.

Quelques jours s'étaient écoulés depuis la visite à la caserne. Rosalie était au refuge Les Quatre Pattes. Elle avait eu de la peine à quitter Pico, mais elle ne voulait pas manquer un autre samedi de bénévolat au refuge.

Tandis qu'elle nettoyait une cage avec Mme Daigle dans la pièce réservée aux chiens, Rosalie lui racontait ce qui s'était passé avec Gunnar à la caserne. Ozzie, un petit beagle qui avait séjourné au refuge, venait d'être adopté. Rosalie et Mme Daigle préparaient donc la cage pour le prochain pensionnaire. Tous les chiens s'étaient mis à aboyer quand elles étaient entrées dans la pièce, puis ils s'étaient calmés.

— C'était vraiment étrange, parce que Gunnar est un chien qui obéit toujours. Cette fois, c'était comme s'il n'écoutait pas. Il restait là, devant l'ambulance, le regard perdu dans le vide! Finalement, le capitaine Olson est allé le chercher. Il a dû l'agripper par son collier et le tirer hors du chemin pour que l'ambulance puisse enfin partir.

Rosalie fronça les sourcils en se remémorant la scène.

— Est-ce que le capitaine était fâché? la questionna Mme Daigle.

Rosalie devint triste en repensant à la réaction de M. Olson.

— Non. En fait, il n'était pas fâché du tout. Il s'est contenté de secouer la tête de gauche à droite. Puis il m'a dit que Gunnar était en train de devenir sourd.

— Oh, le pauvre, dit Mme Daigle.

Elle tendit à la jeune fille un jouet en caoutchouc qui couinait quand on appuyait dessus, un bol rouge pour l'eau et une couverture de laine vert clair. Tout ça devrait être nettoyé pour le prochain chien.

— C'est dommage, tu sais Rosalie, mais beaucoup de chiens perdent un peu leur ouïe en vieillissant. Heureusement, on peut alors leur apprendre les commandes simples comme « assis! » ou « au pied » avec des signes de la main.

— Tant mieux! s'exclama Rosalie. En plus, Gunnar est tellement intelligent qu'il apprendra ces signes en un rien de temps.

Mme Daigle versa de l'eau savonneuse sur le sol en ciment de la cage.

— Quoique, ajouta la directrice, je ne suis pas certaine que ce soit suffisant pour un chien pompier.

— C'est ça le problème, soupira Rosalie. Le capitaine a dit qu'il ne pourrait plus laisser Gunnar se promener à sa guise dans la caserne; ce n'est plus sécuritaire. Gunnar devra rester dans le bureau où alors à la maison.

Rosalie savait que le dalmatien manquerait beaucoup à son père et aux autres pompiers. Tous aimaient jouer avec lui, le brosser et lui glisser des friandises en cachette.

— Sais-tu que certains dalmatiens naissent sourds? demanda Mme Daigle.

Elle tendit la main vers la vadrouille que tenait Rosalie. Celle-ci la lui donna aussitôt.

— Vraiment?

Ça, c'était une information vraiment intéressante!

Mme Daigle poursuivit :

— Certaines personnes croient que c'est lié au fait

que les dalmatiens sont blancs. Les animaux avec une fourrure blanche ont souvent des problèmes d'ouïe, surtout ceux aux yeux bleus. Tu te rappelles Daisy, la chatte blanche que nous avons hébergée ici pendant longtemps? Elle était un peu sourde, elle aussi.

Rosalie se souvenait très bien de Daisy, une grosse chatte à poil long qui ronronnait très fort. Elle avait un œil bleu et l'autre vert.

— Alors, vous croyez que Gunnar est sourd parce que c'est un dalmatien? demanda Rosalie.

La directrice du refuge secoua la tête.

— Non, dans son cas, c'est sans doute simplement parce qu'il vieillit.

Elle finit de laver le plancher et rendit la vadrouille à Rosalie.

— Et voilà, terminé!

Elle s'essuya les mains.

— Et puis, comment se porte ce cher petit Pico?

— Ça va un peu mieux, répondit Rosalie. On dirait qu'il commence à comprendre ce que je veux quand je dis « silence », même s'il n'obéit pas toujours. Mais il est encore très excité. Le pire, c'est sa façon de tirer sur sa laisse quand on le sort pour la promenade. Ça nous rend tous fous! Maman a proposé que nous lui achetions un collier de dressage, mais j'ai peur que ça le blesse.

— Je sais exactement de quoi tu as besoin, déclara Mme Daigle. As-tu fait connaissance avec notre plus récent pensionnaire, Wally?

— Non, pas encore, répondit Rosalie, mais j'en ai entendu parler. C'est un gros rottweiler, c'est ça?

— Gros? Il est énorme! s'écria la directrice en riant. Aussi gros qu'un camion!

Elle rangea la vadrouille et le seau et se dirigea vers le fond du chenil.

— Viens! Je vais te le présenter.

— Oh là! là! s'écria Rosalie devant la cage numéro trois.

Wally était vraiment un chien impressionnant! Il était noir et brun, avec des muscles dignes d'un culturiste, une tête ronde gigantesque et des pattes de la taille d'un hamburger. Elle n'avait pas peur des chiens, mais comprenait que certaines personnes aient peur de Wally.

— Il est très doux, dit Mme Daigle comme si elle pouvait lire les pensées de Rosalie. Il ne ferait pas de mal à une mouche! Mais il tire énormément sur sa laisse!

Rosalie sentit un élancement dans son épaule. Si un petit chien comme Pico tirait assez fort pour lui faire mal à l'épaule, comment allait-elle faire avec Wally? Promener les chiens faisait partie de ses tâches au refuge, mais jamais elle n'arriverait à retenir ce colosse!

— Voilà pourquoi nous utilisons un de ces harnais, poursuivit la directrice en montrant à Rosalie un harnais de nylon rouge suspendu à l'entrée de la cage du rottweiler.

— C'est un licou de promenade.

Elle ouvrit la porte de la cage et entra à l'intérieur.

— Tu le places sur son museau comme ceci, puis tu attaches la laisse sous la mâchoire, expliqua-t-elle tout en installant le licou. Maintenant, tu peux le promener sans aucune difficulté. Le licou exerce une petite pression sur le museau qui est très sensible. Un petit coup sur la laisse suffit à lui rappeler qu'il ne doit pas tirer.

Wally touchait le harnais avec sa patte.

— Ça gratte un peu, dit Mme Daigle en sortant le rottweiler de sa cage, mais ça ne lui fait pas mal. Il s'y habituera vite.

Elle tendit la laisse à Rosalie.

—Vas-y, emmène-le dans la cour et tu verras comme c'est efficace.

Rosalie caressa Wally.

—Bonjour Wally, je m'appelle Rosalie. Ça te dirait de faire une promenade?

Wally cessa subitement de jouer avec son harnais. Ses oreilles se dressèrent et sa courte queue se mit à remuer frénétiquement. Il regarda Rosalie d'un air content.

—Bon chien! Allons-y!

Rosalie guida le chien vers la porte arrière qui donnait sur le terrain d'exercice.

C'était incroyable! Wally ne tirait pas du tout. Quand Rosalie voulait qu'il cesse de renifler tel ou tel carré de pelouse, tout ce qu'elle avait à faire était de donner un minuscule coup à la laisse, comme l'avait dit Mme Daigle. Ce licou de promenade était magique!

—Est-ce que, par hasard, vous auriez un licou à la taille de Pico? demanda Rosalie à Mme Daigle au retour de la promenade.

Sa mère allait venir la chercher d'une minute à l'autre pour la ramener à la maison et elle savait que

46

Pico aurait sûrement besoin d'exercice lui aussi.

— Je me doutais bien que tu me demanderais ça!

Mme Daigle lui tendit un licou vert, plus petit que celui de Wally.

— Bonne chance!

— Merci, j'en aurai besoin. J'ai l'impression que je vais avoir besoin de plus qu'un harnais pour arriver à dresser Pico, soupira Rosalie.

La directrice acquiesça d'un signe de tête.

— Tu sais ce qui serait l'idéal pour lui? Être adopté par quelqu'un qui a déjà un chien plus âgé et plus calme. Je crois que ton petit Pico a besoin d'un modèle.

Rosalie se rappela que la mère de Maria lui avait dit plus ou moins la même chose, c'est-à-dire que Simba exercerait une bonne influence sur Pico. Sauf que Simba était un chien-guide qui travaillait et n'avait pas le temps de s'occuper d'un chiot. Soudain, Rosalie pensa à un autre chien qu'elle connaissait, un chien tout aussi calme et mature que Simba.

Son regard croisa celui de la directrice.

— Est-ce que vous pensez à la même chose que moi? demanda-t-elle.

CHAPITRE SEPT

— Ce serait parfait! déclara Rosalie. C'est son destin.
Pico serait chez lui, là-bas! C'est une tradition pour
les dalmatiens, tu sais.

La jeune fille s'était renseignée sur les dalmatiens
et leur histoire. Elle avait appris qu'autrefois, ils
étaient des « chiens de carrosse » qui couraient aux
côtés des camions de pompiers, du temps où ils étaient
tirés par des chevaux.

— Je suis certaine qu'ils vont tous l'adorer! dit
Maria. Surtout maintenant qu'il se conduit bien. Ça
prouve qu'il est capable d'apprendre vite!

Pico avait appris tellement de choses en si peu de
temps! Même Rosalie était étonnée! Il y avait à peine
plus d'une semaine que Pico avait fait son apparition
sous le porche de la maison des Fortin. C'était alors
une vraie petite boule d'énergie qui jappait, tirait et
sautait partout. Aujourd'hui, il savait trottiner

tranquillement sur le trottoir entre Rosalie et Maria, tel un petit gentleman. Le licou de promenade était parfaitement adapté et Pico s'était déjà beaucoup amélioré. Rosalie aurait aimé pouvoir le garder pour toujours, mais elle savait que sa mère ne serait pas d'accord. Sa mère aimait bien Pico, mais elle n'aimait pas du tout les poils blancs qu'il laissait partout dans la maison.

Il était temps de présenter Pico à la personne qui, d'après Rosalie, Maria – et Mme Daigle – serait le maître idéal. Le capitaine Olson, bien sûr!

Tout d'abord, Rosalie savait à quel point Gunnar allait manquer au capitaine qui avait l'habitude de l'avoir à ses côtés en permanence à la caserne. De plus, le capitaine adorait les dalmatiens et les comprenait. Il saurait exactement ce qui l'attendait – un jeune chiot énergique qui perd ses poils et aboie beaucoup – contrairement aux anciens maîtres de Pico. Enfin, le petit dalmatien grandirait avec un des meilleurs chiens au monde, Gunnar, qui deviendrait son guide et son ami.

— Peut-être un jour seras-tu un héros, toi aussi! dit Rosalie au petit chiot tacheté qui marchait fièrement à ses côtés.

49

Pico lui fit un grand sourire.

Bien sûr, comme tu veux! J'aime cette promenade!
Je ne sais pas où nous allons, mais j'ai hâte d'y être!

— As-tu téléphoné au capitaine Olson pour le
prévenir de notre visite? demanda Maria.

Rosalie secoua la tête.

— Non, et j'ai dit à papa de ne pas lui en parler. Je
veux lui faire la surprise. Il sera estomaqué de voir
les progrès que Pico a faits.

Le trajet pour se rendre à la caserne leur prit deux
fois plus de temps que d'habitude. Tous les gens
qu'elles rencontraient les arrêtaient pour pouvoir
caresser Pico et leur poser un million de questions
sur le chiot. Pico était irrésistible. Tout le monde
l'adorait.

Les deux amies tournèrent finalement le dernier
coin de rue près de la caserne. Pico redressa les
oreilles et renifla l'air. Il tira un peu sur la laisse,
puis Rosalie donna un petit coup pour lui rappeler de
ne pas tirer.

— Je parie qu'il sent Gunnar! dit-elle.

Rosalie poussa la porte de la caserne et Pico n'eut

pas une seconde d'hésitation. Il entra tranquillement comme s'il avait toujours vécu là, la queue droite et les oreilles dressées.

— Eh bien, qui est là? Viens ici, Pico, mon petit gaillard, s'écria le père de Rosalie.

Il s'agenouilla et lui ouvrit les bras. Pico courut vers lui en frétillant de bonheur. Il lui donna un gros coup de langue baveux.

— Oh! Qui est ce mignon petit chiot? demanda Nathalie, une pompière que Rosalie connaissait bien.

Nathalie avait adopté Margot, un berger allemand dont les Fortin s'étaient occupés pendant quelque temps. Margot suivait un entraînement pour devenir un chien de sauvetage. Nathalie s'agenouilla, elle aussi, pour accueillir le petit dalmatien.

Bientôt, Pico fut entouré de pompiers. Il aimait être le centre d'attention et donnait de gros bisous à tous ceux qui le flattaient ou le cajolaient.

C'est génial! Tout le monde m'aime et je les aime tous aussi!

Tout à coup, le père de Rosalie se redressa

brusquement.

— Oh! Capitaine, nous étions juste...

Le capitaine Olson venait d'apparaître. Il se tenait près du groupe et les observait. Son visage avait une étrange expression, à la fois triste et joyeuse. Gunnar attendait patiemment.

— Cela ne peut pas être le chiot surexcité dont j'ai entendu parler, dit le capitaine. Il semble plutôt bien éduqué.

Gunnar s'approcha de Pico. Ils se frottèrent le museau. La queue de Gunnar frétillait joyeusement.

— Gunnar aime bien Pico, dit Rosalie. C'est parfait, parce que...

Maria donna un coup de coude à son amie. Leur plan était de faire en sorte que le capitaine Olson pense que l'idée d'adopter Pico venait de lui.

— ... parce que c'est super quand les chiens s'entendent bien, acheva Rosalie, à court d'idées.

Le capitaine sembla ne rien remarquer. Il s'était agenouillé pour caresser les oreilles de Pico.

— Eh bien, tu es certainement un joli chiot, dit-il. Fort, en santé...

— Et aussi très intelligent, ne put s'empêcher

d'ajouter Rosalie.

Tant pis si Maria lui décochait un autre coup de coude.

— Si vous saviez tout ce qu'il a déjà appris en une semaine, vous n'en reviendriez pas.

— Alors en plus, il apprend rapidement? demanda le capitaine d'un air songeur.

Il regarda Gunnar qui laissa Pico lui mâchouiller l'oreille pendant un bon moment avant de le repousser fermement.

— Et vous essayez de lui trouver un nouveau foyer?

Rosalie ne put résister une seconde de plus.

— Oui! dit-elle. Chez vous!

Maria leva les bras au ciel en éclatant de rire.

Le capitaine riait aussi.

— En fait, c'est exactement à ça que je pensais. J'ai l'impression que Gunnar aimerait beaucoup montrer les ficelles du métier à ce petit gaillard. Cela lui donnerait quelque chose à faire, une nouvelle mission pour notre bon vieux compagnon. Et je peux déjà dire que Pico fera une mascotte de caserne formidable quand il sera adulte.

Le capitaine se releva et regarda les pompiers autour de lui.

— Qu'en pensez-vous?

— Oui! s'écrièrent-ils tous en chœur.

M. Fortin tapa dans la main de Rosalie pour la féliciter. Rosalie et Maria se regardaient en souriant. Puis Rosalie sentit quelque chose tirer sur ses chaussures.

— Pico! cria-t-elle, arrête de manger mes lacets!

Tout le monde éclata de rire.

Quelques minutes plus tard, les deux fillettes étaient sur le chemin du retour, accompagnées d'un Pico docile qui avançait sans tirer sur sa laisse. Elles se sentaient heureuses et fières d'elles.

— Maman sera vraiment impressionnée quand nous lui dirons que nous avons déjà trouvé un foyer pour Pico, dit Rosalie en passant devant le bureau de poste.

À cet instant, une femme qui marchait dans la direction opposée s'arrêta brusquement.

— Vous avez bien appelé ce chien « Pico », n'est-ce pas? demanda-t-elle à Rosalie et Maria.

Les deux amies s'étaient arrêtées. Pico, assis sur son petit derrière, observait la femme sans aboyer ni tirer sur sa laisse. C'était une personne très mince avec un air un peu pincé. Elle se pencha pour flatter Pico, mais celui-ci détourna la tête.

— Oui, c'est son nom, dit Rosalie. Vous le connaissez?

La femme eut l'air gêné et se mit à parler rapidement.

— Hum, c'est-à-dire que j'ai connu autrefois un chiot qui s'appelait comme ça, mais il ne s'agit sûrement pas du même Pico. Il ressemblait beaucoup à celui-ci, mais son comportement était tout à fait différent.

Puis elle s'éloigna vivement, sans que Rosalie ait le temps d'ajouter quoi que ce soit.

— Qui était-ce? demanda Maria.

— Je ne sais pas, répondit Rosalie.

Elle jeta un œil sur Pico qui était toujours assis et regardait la femme s'éloigner.

— Mais j'ai l'impression que Pico, lui, la connaît!

CHAPITRE HUIT

Ce soir-là, après le souper, pour célébrer l'adoption de Pico par le capitaine Olson, toute la famille Fortin s'installa dans le salon pour déguster un dessert spécial : une tarte aux pommes accompagnée de crème glacée à la vanille. Rosalie aurait aimé pouvoir oublier ce qui s'était passé sur le chemin du retour. Qui était cette femme qui les avait arrêtées dans la rue, elle et Maria? Et pourquoi avait-elle semblé reconnaître Pico? Rosalie ne pouvait s'empêcher de se poser des questions, et elle était inquiète. Elle avait un mauvais pressentiment. Mais elle essaya de chasser ces idées pour ne pas gâcher la dernière soirée de Pico parmi eux.

— Assis! ordonna le Haricot.

Il se tenait devant le foyer. Pico lui faisait face et agitait joyeusement la queue. Le Haricot leva un doigt et répéta :

— Coco, assis!

Pico ne s'assit pas. Il resta là, la tête inclinée et aboya plusieurs fois.

Ce mot me semble vaguement familier. Je crois que ce petit garçon essaie de me dire quelque chose. Mais quoi? Peut-être qu'il veut que j'aboie.

— Assis! répéta le Haricot en tentant d'imiter la grosse voix sévère qu'employait M. Fortin quand il voulait que Biscuit l'écoute.

Pico aboya de nouveau et agita la queue encore plus vite.

— Assis! répéta encore le Haricot en imitant cette fois le ton joyeux que Rosalie prenait pendant les séances de dressage du chiot. Assis, assis, assis, assis, assis, supplia-t-il. S'il te plaît?

Rosalie ne put s'empêcher de rire. Elle posa son dessert sur la table et prit son petit frère dans ses bras.

— Tu entraînes Pico? demanda-t-elle.

Le Haricot fit oui de la tête, les lèvres serrées pour ne pas pleurer. Rosalie savait qu'il essayait simplement de reproduire ce que Rosalie faisait plusieurs fois par jour depuis que Pico était venu vivre chez eux. Dresser un chiot demandait beaucoup d'efforts. Elle savait à quel point cela pouvait être frustrant.

— Mais le iot pas assis! pleura le Haricot.

— Voilà ce que tu dois faire, lui dit Rosalie en le déposant par terre. Pico! dit-elle en se tournant vers le chiot tacheté. Assis!

Elle toucha légèrement le postérieur du dalmatien, juste pour lui rappeler ce qu'elle attendait de lui.

Oh! J'ai compris! Vous voulez que je m'assois! C'est facile!

Pico laissa tomber son petit derrière par terre et sourit à Rosalie.

— Bon chien! dit Rosalie en riant. Tu vois, Pico commence tout juste à comprendre ce que « assis » veut dire, expliqua-t-elle à son petit frère. Parfois, il a besoin qu'on l'aide un peu à se rappeler.

Le Haricot jeta ses bras autour de Pico et le serra contre lui.

— Je t'aime Coco, chuchota-t-il.

Rosalie savait que Pico manquerait beaucoup à toute la famille.

Soudain, M. Fortin se tapa le front.

— Oh! J'ai failli oublier.

Il fouilla dans la poche de la veste qu'il avait portée ce jour-là et en sortit une petite borne-fontaine en caoutchouc rouge.

— Le capitaine Olson m'a donné ce jouet pour Pico, dit-il. C'était un jouet de Gunnar.

Il tendit la borne-fontaine à Pico qui s'allongea immédiatement sur le sol et commença à le mâchouiller. Quand Biscuit tenta de le lui voler, Pico prit le jouet dans sa gueule et courut se réfugier derrière le fauteuil de Mme Fortin.

Ensuite, Charles monta dans sa chambre et revint avec le casque de son déguisement de pompier. Avec l'aide de Rosalie, ils en coiffèrent le petit dalmatien, ajustant la courroie sous sa mâchoire.

— Oh! Il est trop mignon! s'exclama Rosalie. Vite! Vite! Quelqu'un peut-il aller chercher l'appareil photo?

Rosalie trouvait Pico incroyablement mignon avec son casque de pompier. Il avait posé l'une de ses grosses pattes sur la borne-fontaine de caoutchouc pour pouvoir la mâchouiller avec ses petits crocs blancs et acérés de jeune chiot. Mme Fortin courut chercher l'appareil photo et ils prirent cliché après cliché. Toute la famille éclata de rire quand Biscuit fit une deuxième tentative pour voler le jouet de Pico. Cette fois-ci, il arriva à l'attraper et les deux chiots commencèrent à se poursuivre en luttant et en grognant. Dans la bagarre, le casque de Pico glissa un peu sur le côté. Il était encore plus mignon ainsi.

Quelques instants plus tard, les chiots étaient épuisés. Pico s'endormit sur le tapis, roulé en boule avec Biscuit. Rosalie ne put s'empêcher de soupirer en regardant leurs adorables petits minois endormis. Le casque de pompier avait fini par glisser complètement et Biscuit s'était couché dessus. Quant à Pico, ses babines un peu retroussées dévoilaient quelques dents, ce qui lui donnait un air de petit coquin. Ils étaient tellement adorables tous les deux ensemble! Rosalie aurait vraiment aimé garder Pico, mais elle savait qu'il serait très heureux avec le capitaine Olson. Être la mascotte d'une caserne de pompiers était un privilège exceptionnel.

Mme Fortin était montée à l'étage pour mettre au lit le Haricot. En redescendant au salon, elle constata que les chiots s'étaient endormis.

— Que diriez-vous d'une partie de Scrabble?

demanda-t-elle.

— Mais le Scrabble, c'est tellement...

Rosalie plaqua sa main contre sa bouche pour empêcher le reste de sa phrase de sortir. « Ennuyeux » était le mot qu'elle avait étouffé. Le Scrabble était un jeu franchement ennuyeux, du moins à son avis. C'était presque aussi ennuyeux que le jeu « Au pays des friandises » que le Haricot aimait tant et auquel il ne se lassait pas de jouer. Elle devait cependant reconnaître qu'il ne s'agissait que de son opinion à elle et que tout le monde ne la partageait pas. Enfin, à voir l'expression de Charles, il y avait au moins un membre de la famille Fortin qui la partageait entièrement.

La sonnerie du téléphone retentit à ce moment-là.

— J'y vais!

Rosalie sauta sur ses pieds, heureuse de la distraction. Pico bondit aussi sur ses pattes et commença à aboyer.

— Silence! ordonna la fillette.

Pico cessa d'aboyer juste assez longtemps pour que Rosalie puisse lui dire « bon chien » et le flatter. Le petit dalmatien la suivit ensuite jusque dans la cuisine en aboyant encore un peu. Rosalie décrocha le téléphone.

— Allô? fit-elle.

— Bonjour! Es-tu la petite fille que j'ai vue aujourd'hui avec le dalmatien?

Rosalie fronça les sourcils. Elle avait immédiatement reconnue la voix de la femme à l'air pincé.

— Oui, je suis Rosalie Fortin, dit-elle.

— Rosalie Fortin, répéta la femme. Ta famille accueille les jeunes chiots et leur trouve un foyer, c'est bien ça?

— C'est exact, répondit la jeune fille.

— Et quelqu'un vous a confié ce petit dalmatien il y a une dizaine de jours?

— C'est exact, répéta Rosalie.

Elle allait ajouter que ce « quelqu'un » avait plutôt abandonné le chiot après l'avoir attaché à un arbre, et en plus, devant la mauvaise maison, mais la femme l'interrompit.

— Mon mari aimerait vous parler.

Mme Fortin avait maintenant rejoint sa fille dans la cuisine. Elle s'approcha de Rosalie et la regarda, l'air interrogateur, comme pour dire : « Qui est-ce? »

Rosalie haussa les épaules et secoua la tête.

— Bonjour, fit une voix d'homme dans le combiné. Je m'appelle Thierry Durocher et Pico est notre chien.

Rosalie respira à fond. Elle ne prononça pas un mot. Comment ces gens qui avaient abandonné Pico osaient-ils encore dire que c'était « leur » chien?

— Nous n'arrivions pas à l'éduquer, enchaîna l'homme, mais ma femme m'a dit que vous aviez réussi. Elle m'a aussi dit que Pico a beaucoup changé, qu'il ne tire plus sur sa laisse et qu'il n'aboie presque plus.

— Évidemment, maintenant que je l'ai dressé! explosa Rosalie.

— Si tel est le cas, dit Thierry Durocher, alors nous aimerions le reprendre.

CHAPITRE NEUF

Sans dire un mot, Rosalie tendit le combiné à sa mère. Elle n'arrivait pas à croire que tout ça était bien réel.

— Bonjour, je suis Martine Fortin, dit Mme Fortin en prenant l'appareil. À qui ai-je l'honneur?

Rosalie n'aurait jamais pu se comporter aussi poliment avec ces gens! En fait, elle ne voulait même pas entendre la suite de la conversation. Elle retourna dans le salon, Pico sur les talons. Elle s'assit près du foyer, prit Pico sur ses genoux et l'embrassa sur le dessus de la tête.

— Qui était-ce au téléphone? demanda M. Fortin.

Rosalie enfouit son visage dans le cou de Pico. Elle n'arrivait pas à parler.

Mme Fortin revint dans le salon quelques minutes plus tard.

— Eh bien, c'est tout un rebondissement! dit-elle.

—Mais enfin, que se passe-t-il? demanda de nouveau M. Fortin.

— C'étaient les anciens maîtres de Pico. Ils s'appellent Thierry et Sandrine Durocher. J'ai cru comprendre que Mme Durocher avait vu Pico avec Rosalie et Maria aujourd'hui, au centre-ville.

Elle jeta un coup d'œil à Rosalie qui acquiesça d'un air malheureux.

— Bref, maintenant, ils veulent récupérer Pico.

— Quoi? s'écria Charles, choqué. Pourquoi?

Biscuit qui dormait sur les genoux de Charles depuis un moment ouvrit un œil et jeta un regard à la ronde.

— Sans doute parce que maintenant, il sait marcher en laisse et qu'il n'aboie plus sans arrêt, répondit Mme Fortin. Ils croient qu'ils seront capables de bien s'en occuper désormais, ajouta-t-elle en soupirant. Et puis Pico leur manque.

— Je comprends, commença M. Fortin, Pico est vraiment un chiot adorable, mais...

— ... je sais, et le capitaine Olson alors? enchaîna Mme Fortin. Je leur ai expliqué que nous avions déjà trouvé un foyer pour Pico, mais ils ont tout de même insisté pour venir nous voir et discuter de tout cela avec nous.

Rosalie serra Pico contre elle.

— Quand? fut le seul mot qu'elle put prononcer.

— Ils habitent tout près, dans la rue Martin. Ils seront ici d'une minute à l'autre.

Mme Fortin regarda tous les visages assombris autour d'elle.

— Qu'est-ce que je pouvais leur dire? Peut-être qu'ils ont le droit de reprendre Pico. Après tout, ce sont eux qui l'ont eu en premier.

— Mais… commença Rosalie.

La sonnette de la porte d'entrée l'interrompit. Biscuit et Pico se mirent à aboyer. Rosalie leur dit « silence! » et tous deux cessèrent sur le champ.

Mme Fortin regarda Rosalie d'un air sévère.

— Écoutons d'abord ce que ces gens ont à dire, dit-elle. C'est le moins que l'on puisse faire.

Rosalie n'était pas d'accord. Il n'y avait absolument rien de juste dans toute cette histoire. Mais elle comprit qu'une fois de plus, elle devait garder ses opinions pour elle-même. De toute façon, Mme Fortin avait déjà quitté la pièce pour aller ouvrir la porte. Rosalie l'entendit dire « Entrez, passons au salon », puis, elle fut là – la femme à l'air pincé. Elle portait un chandail orange sur lequel était dessinée une citrouille d'Halloween. Elle était accompagnée d'un homme dont le visage n'était pas du tout pincé – en fait, il était plutôt rond et rose.

— Thierry Durocher, dit-il d'une grosse voix retentissante.

Avec un grand sourire, il tendit la main à M. Fortin. Puis il se retourna et vit le petit dalmatien sur les genoux de Rosalie.

— Pico, rugit-il encore. Viens ici mon petit!

Rosalie se souvenait de la façon dont Pico s'était écarté quand la femme avait essayé de le flatter dans la rue. Elle ne fut donc pas surprise de voir que le chiot ne bougeait pas.

Thierry Durocher s'approcha alors de Rosalie et gratta le chiot derrière les oreilles.

— Bon petit chien! dit-il.

Il ouvrit les bras et Rosalie se sentit obligée de lui donner Pico, même si elle n'en avait aucune envie. Thierry Durocher berça maladroitement le chiot dans ses bras, puis il le tendit à sa femme, qui tint Pico comme si elle voulait éviter qu'il laisse des poils blancs sur son chandail.

— Eh bien, je crois que nous allons le ramener à la

maison maintenant, dit Thierry Durocher avec le même grand sourire.

— Il n'en est pas question! explosa Rosalie.

Elle n'avait pas pu s'en empêcher. La jeune fille savait bien que personne ne lui avait demandé son avis, mais elle avait une opinion bien arrêtée sur toute cette affaire et elle n'avait pas l'intention de la garder pour elle.

— Vous avez abandonné Pico! poursuivit-elle. Simplement parce qu'il aboyait, tirait sur sa laisse et perdait ses poils. Maintenant, il n'aboie plus autant, il apprend à ne pas tirer sur sa laisse, mais il perd toujours ses poils, et c'est encore un chiot. Un chiot, ça mâchouille et ça fait des bêtises. Qu'est-ce que vous allez faire quand il se conduira mal? L'abandonner de nouveau?

M. Fortin s'éclaircit la gorge. Rosalie se demanda s'il allait lui dire de changer de ton, mais à la place, il fit face aux Durocher.

— Vous savez, dit-il, ma fille n'a pas tort. Nous avons besoin de réfléchir à tout ça.

— Réfléchir à quoi? s'exclama Thierry Durocher.

Il sortit quelques papiers de sa poche et poursuivit :

— Pico est à nous. Nous pouvons le prouver. Voilà le

reçu de l'animalerie où nous l'avons acheté. Il n'était pas bon marché, d'ailleurs.

M. Fortin hocha la tête.

— Je comprends, mais nous pensions que ce chiot avait besoin d'un foyer et nous lui en avons trouvé un excellent. C'est notre rôle en tant que famille d'accueil. Vous l'avez abandonné, et vous dites maintenant que vous voulez le reprendre. Mais mon patron, le capitaine Olson de la caserne des pompiers, le veut lui aussi. Peut-être serait-il prêt à vous rembourser la somme que vous avez payée pour Pico. Je ne sais pas. De toute façon, nous devons prendre le temps de réfléchir à ce qui serait le mieux pour Pico.

Il se leva et prit Pico des bras de la femme.

— Merci d'être venus, dit-il aux visiteurs.

Thierry et Sandrine Durocher ne semblaient pas contents, mais M. Fortin ne changea pas d'avis. Il apporta Pico à Rosalie et déposa délicatement le petit chiot endormi dans ses bras. Il reconduisit ensuite les Durocher à la porte et leur souhaita une bonne soirée.

CHAPITRE DIX

Rosalie regarda Pico endormi sur ses genoux. Puis, elle regarda ses parents.

— Je suis désolée, dit-elle d'une toute petite voix.

— Ne sois pas désolée, ma chérie, dit Mme Fortin. Tu as eu raison de dire ce que tu pensais.

— Tout à fait, approuva M. Fortin. Au départ, je croyais que rendre Pico aux Durocher était la bonne chose à faire. Mais ce que tu as dit est vrai! Ce n'est encore qu'un chiot et je pense qu'ils avaient raison dans leur lettre quand ils disaient qu'ils n'étaient pas capables de s'occuper d'un chiot.

— Vous avez vu l'expression de la femme quand Pico l'a léchée? demanda Charles. Ils ne sont vraiment pas faits pour avoir un chiot.

Rosalie fit un câlin au petit dalmatien toujours endormi.

— Mais ils ont payé pour avoir Pico, dit Rosalie.

Peut-on vraiment refuser qu'ils le reprennent?

— Je n'en suis pas vraiment certain, dit lentement M. Fortin.

À cet instant, la sonnette de la porte retentit de nouveau. Mme Fortin leva les sourcils et alla ouvrir la porte. Quand elle revint dans le salon, elle était accompagnée des Durocher. Rosalie serra Pico plus fort. Les Durocher allaient-ils insister pour reprendre Pico immédiatement?

— Nous n'étions pas encore rentrés à la maison. Nous approchions de la rue des Ormeaux lorsque nous avons réalisé que vous aviez tout à fait raison, débita Sandrine Durocher très vite...

Elle regarda Rosalie et reprit :

— Nous ne voulions pas l'abandonner, tu sais. Nous pensions faire ce qu'il y avait de mieux pour Pico en vous le confiant. Mais nous n'aurions pas dû l'abandonner et nous enfuir, n'est-ce pas? demanda-t-elle à son mari en lui donnant un coup de coude.

Thierry Durocher sourit d'un air penaud.

— Non, admit-il. J'imagine que nous étions complètement dépassés par l'énergie de Pico. Je crois que nous ferions mieux de nous acheter un chien adulte.

— Ou peut-être même un chat, ajouta Sandrine Durocher. En fait, j'ai toujours préféré les chats.

Mme Fortin et Mme Durocher échangèrent un sourire.

— Et pour l'argent? demanda M. Fortin.

Thierry Durocher fit un geste de la main.

— Considérez ça comme un don pour le service des incendies. Vous faites un travail formidable pour toute la communauté. C'est le moins que je puisse faire.

— Et voilà, dit Rosalie à Maria après lui avoir raconté toute l'histoire, le lendemain matin.

Les deux amies se promenaient de nouveau au centre-ville avec Pico. Charles, Sammy, Biscuit et le Haricot étaient avec elles. Et cette fois-ci, Pico allait à la caserne de pompiers pour y rester! Mais d'abord, ils participeraient tous au grand défilé d'Halloween. Rosalie et Maria avaient finalement trouvé les costumes parfaits pour elles… et pour tout le monde d'ailleurs.

C'était une journée ensoleillée, idéale pour un défilé. Pico ouvrait fièrement la marche, la tête haute.

Youpi! Youpi! Je crois que nous allons de nouveau à cet endroit amusant, là où il y a ce grand chien qui me ressemble.

Le capitaine Olson les attendait devant la caserne, astiquant une dernière fois le pare-chocs de son vieux camion de pompiers. Il était très élégant dans son uniforme bleu marin aux boutons dorés.

— Eh bien! Voyez donc qui est là!

Il posa un genou par terre et ouvrit les bras. Pico courut vers lui. Le petit dalmatien lécha joyeusement le visage du capitaine tout en agitant la queue avec énergie. Gunnar s'approcha et toucha le museau de Pico comme pour lui souhaiter la bienvenue.

Jusqu'ici, le capitaine avait accordé toute son attention à Pico. Mais il regardait maintenant Rosalie, Maria, Charles, Sammy et le Haricot. Il éclata de rire.

— C'est parfait! dit-il.

Ils étaient tous vêtus de pyjamas blancs décorés de taches noires. Rosalie avait utilisé le crayon à sourcil de sa mère pour dessiner des moustaches sur le visage de chacun. Ils portaient de drôles de chapeaux que

Mme Fortin avait trouvés au magasin à un dollar, avec des oreilles pendantes et des taches noires. Bref, ils étaient tous déguisés en dalmatiens. Même Biscuit portait une petite veste tachetée. Quant à Pico, il n'avait pas besoin de déguisement, évidemment. Le camion du capitaine Olson serait plein de dalmatiens!

— Vous arrivez juste à temps, reprit le capitaine. Nous partirons de l'intersection de la rue Principale et de la rue Laurier. Le défilé commence dans cinq minutes!

Le capitaine les aida à monter dans le camion. Il déposa soigneusement Pico sur les genoux de Rosalie et Biscuit sur ceux de Charles. Puis, Gunnar sauta sur le siège avant et le capitaine prit place au volant. Il fit démarrer le camion et sortit lentement du stationnement. Les trois camions de pompiers de Saint-Jean suivaient derrière avec, à leur bord, tous les pompiers de la ville, vêtus de leur plus bel uniforme. Rosalie se retourna pour saluer son père, qui lui sourit et lui rendit son salut. Elle serra Pico contre elle. Le petit dalmatien la lécha d'un joyeux petit coup de langue en retour. Rosalie savait que cet adorable chiot avait trouvé le foyer idéal!

EN SAVOIR PLUS SUR LES CHIOTS

Prendre soin d'un chiot est une énorme responsabilité pour les enfants, comme pour les parents. Avant de prendre la décision d'accueillir un chien ou un chiot chez toi, il vaut mieux t'assurer que tu es prêt. Les chiots et les chiens ont besoin de beaucoup d'attention et d'amour, et même quand on s'occupe très bien d'eux, il arrive qu'ils ne soient pas de tout repos! Les chiots font des « bêtises » dans la maison. Ils mâchouillent des objets et ont beaucoup, beaucoup d'énergie! Les chiens adultes aussi peuvent être difficiles. Ils peuvent aboyer, creuser des trous dans le jardin, ou encore sauter sur les visiteurs. Alors, si tu veux un chien, tu dois être prêt à accepter tout ça – avec le sourire! Mais ça en vaut vraiment la peine, car rien n'est comparable à l'affection qu'un chien peut offrir.

Chères lectrices,
Chers lecteurs,

Je suis bien triste de vous annoncer que mon chien Django, le plus joyeux et le plus gentil des labradors noirs, est mort. Il avait 11 ans, ce qui est assez vieux en années de chien. Nous avons partagé tellement de moments formidables ensemble.

Je chérirai toujours le souvenir de Django. Penser au premier jour où je l'ai emmené chez moi alors qu'il n'était encore qu'un chiot me rappelle à quel point il était adorable et cela me fait sourire! Ce n'est qu'un souvenir parmi tant d'autres.

Perdre un animal qu'on aime n'est jamais facile mais, grâce à nos souvenirs, nous le gardons toujours vivant dans notre cœur.

Caninement vôtre,
Ellen Miles

À PROPOS DE L'AUTEURE

Ellen Miles adore les chiens. Et elle adore raconter des histoires sur leurs différentes personnalités. Elle est l'auteure de plus de 28 livres, dont ceux de la collection *Mission : Adoption*. Elle est également l'auteure de *The Pied Piper* et d'autres classiques de Scholastic.

Ellen adore pratiquer des activités de plein air tous les jours, que ce soit marcher, faire de la bicyclette, skier ou nager, selon la saison. Elle aime aussi lire, cuisiner, explorer la région où elle habite et passer du temps en compagnie de sa famille et de ses amis. Elle habite dans le Vermont, aux États-Unis.

Si tu aimes les animaux, ne manque pas un seul des livres de la collection *Mission : Adoption*!